Oskar

Menneskeskæbner Vol. 6

af

Michael Sørensen

Forlag: BoD · Books on Demand, Strandvejen 100,
2900 Hellerup, bod@bod.dk
Tryk: Libri Plureos GmbH, Friedensallee 273,
22763 Hamborg, Tyskland
ISBN: 978-87-4305-864-9

Oskar er skrevet til lyden af:
Röyksopp – Profound Mysteries (2022)

Tak til Stina for tålmodigheden, roserne og sparring.
Tak til Berit for gennemlæsninger og kæmpe hjælp.
En særlig tak til Karina for det fine cover.

Tak til dig, der sidder med denne bog i hånden. Historien er blevet til gennem forskellige benspænd, som skulle gøre skriveprocessen mere flydende.

Jeg måtte hverken forberede historien, lave notater eller have en idé om, hvad den skulle handle om. Jeg måtte heller ikke strække fortællingen over mere end en uge. Det var heller ikke tilladt at ændre tempoet i fortællingen. Sidst, men ikke mindst: Hovedpersonen skulle være 29 år gammel, og historien måtte ikke ende med nogen form for konklusion.

Det var en anderledes og spændende måde at skrive på. Jeg håber, du nyder at læse historien lige så meget, som jeg nød at skrive den. God fornøjelse!

Michael

MIX
Papir fra ansvarlige kilder
Paper from responsible sources
FSC® C105338

Kapitel 1

Oskar havde tabt fire kampe i træk. Nu var han bagud med tre mål. Han smed controlleren fra sig.

'Kan du ikke tåle at tabe?'

'Jeg gider ikke mere FIFA.'

'Saml nu den controller op. Det er fandeme så dårlig stil.' sagde Rasmus.

'Jeg gider ikke mere.'

'Hold kæft, hvor er du en taber. Jeg spiller kampen færdig.'

Rasmus scorede sit fjerde mål mod et sagesløst hold, hvis træner, holdleder og anfører havde smidt controlleren midt på sofaen. Det afholdt ikke Rasmus fra at juble. Han så målet i langsom gengivelse fra fire forskellige vinkler, mens Oskar bare stirrede på ham.

'Nå, men henter du ikke lige et par øl mere, mens jeg ydmyger dit hold med fem basser?'

'Jeg gider heller ikke at drikke flere øl!'

Rasmus satte spillet på pause.

'Vi har kun fået to øl. Klokken er ikke engang to om eftermiddagen. Hvad fanden er der galt med dig?'

'Der er ikke noget galt med mig.' svarede Oskar.

’Godt, gider du så at holde op med at være en kælling? Vi har spillet FIFA hver eneste lørdag, siden vi var fjorten år gamle.’

’Og hvad så?’ spurgte Oskar.

’Saml den controller op, eller jeg smadrer dig.’

’Jeg keder mig, Ras. Jeg gider ikke mere FIFA. Du har slået mig 100.000 gange.’

’… og du har slået mig 100.000 gange. Det er en vigtig tradition. Hvordan kan du være ligeglad med en tradition?’

Oskar skubbede sin controller på gulvet.

’Jeg kan ikke være din ven, hvis du opfører dig på den måde. Du piller ved hele fundamentet i mit liv.’

Rasmus rejste sig og begyndte at spadsere rundt i stuen.

’Har du problemer med damen?’

’Lisa?’

’Ja, det er din kærestes navn. Sig mig, har du fået en blodprop?’

’Nej, jeg har det fint. Jeg gider bare ikke spille FIFA.’

’Skal vi så ikke spille noget andet?’

’Nej, vi skal ikke spille noget andet.’ svarede Oskar.

’Okay! Nu går jeg ind på mit værelse og ser porno. Når jeg kommer tilbage om ti minutter, forventer jeg en bedre tone fra dig.’

Rasmus smed sin controller fra sig og marcherede mod det værelse, han havde lejet i Oskars lejlighed.

'Ti minutter alligevel?' sagde Oskar.

'Vi er nogen, der stadig sætter pris på et forspil, okay Oskar.'

Døren smækkede til værelset. Oskars telefon begyndte at ringe.

'Det er mig. Forstyrrer jeg?'

Lisa vidste udmærket godt, at hun forstyrrede. At hun så tilfældigvis ikke lige forstyrrede denne ene lørdag, lod Oskar passere som rent held.

'Vi sidder og spiller. Hvad så?'

'Jeg ville bare lige høre, om vi skulle ses i aften?'

'Det ved jeg ikke. Vi skal have nogle øl og noget junk.'

'Ligesom alle andre lørdage?'

Hendes tone var ualmindelig spids. Oskar forstod ikke, at hun orkede. Det var en diskussion, de havde haft i fem år.

'Jeps. Ligesom alle andre lørdage.'

'Du ved godt, at andre kærestepar bor sammen, ikke?'

Oskar lukkede øjnene. Lisa gik i gang med første nummer fra hendes samling af hits med titlen, hvorfor er vi ikke som alle andre?

'De går i IKEA. De spiser middage med deres vennepar.'

Oskar holdt telefonen væk fra øret. Han var ikke så begejstret for at høre den samme sang lørdag efter lørdag.

'De går i biografen, i teatret – og de går ud og spiser.'

Hun holdt en kort pause, men Oskar kendte hende godt nok til ikke at falde for det trick. Han var ikke en amatør.

'Normale kærester får børn, bliver forlovet og gift.'

Han lagde telefonen fra sig og ledte efter en pakke tyggegummi, som han kunne huske, at han havde lagt på køkkenbordet.

'De køber måske en lejlighed sammen eller et hus. De optager lån sammen og køber designermøbler.'

Han fandt tyggegummipakken. Han havde masser af tid, så han smed to stykker i munden.

'De tager også på ferie sammen. De holder jul med deres familier og går hånd i hånd gennem parken.'

Oskar tjekkede køleskabet. Han var ved at blive sulten.

'Hører du overhovedet efter?'

Han tog telefonen op til øret.

'Hånd i hånd gennem parken.' gentog han.

'Ja, og de køber en bil sammen. De tager måske på weekendture til Jylland eller Vesterhavet.'

Han skulle til at indskyde, at Vesterhavet lå i Jylland, men lagde i stedet telefonen fra sig, da han ville varme noget leverpostej i mikroovnen.

'De sidder i en sofa, hvor de spiser slik, holder i hånd og ser film sammen i deres helt egen stue.' lød det fra telefonen, der lå på bordet.

Oskar startede mikroovnen. Rasmus kom tilbage fra sit værelse med armene over hovedet.

'De får en kat eller to – måske får de en hund, men du og jeg, Oskar. Hvad har vi?'

Det var et retorisk spørgsmål.

'Vi har ikke engang en skide hamster. Fem år, Oskar. Fem år!'

Han holdt vejret. Hun ville normalt være færdig med sin tordentale nu, men han havde på fornemmelsen, at de ikke helt var kommet i mål.

'Rigtige kærester bor sammen, har en hverdag sammen og lever sammen, som normale mennesker.'

Hun var ikke færdig.

'De går i seng med hinanden og har sex, som de har lyst til, fordi de ikke har et infantilt spædbarn på næsten 30 år boende i deres lejlighed.'

'Hvor langt er hun nået?' hviskede Rasmus.

'Infantilt spædbarn.' svarede Oskar.

Rasmus nikkede. Mikroovnens klokke ringede.

'Hvad har du gang i, Oskar?'

Han skyndte sig at tage telefonen fra bordet, inden hun bemærkede, at han overhovedet ikke interesserede sig for samtalen.

'Jeg varmer leverpostej.'

'Er Rasmus der?'

'Ja, vi sidder og spiller.'

'Kan jeg så ikke komme over i aften?'

Hun lød mere irritabel, end hun normalt var om lørdagen.

'Kan vi ikke bare ses i morgen?' prøvede han.

Der var stilhed i den anden ende af samtalen.

Rasmus slog med en usynlig pisk og lavede piskelyde. Oskar stak ham sin midterste finger.

'Du kan bare komme i aften. Tager du pizza med til Ras og mig?'

Kapitel 2

Rasmus lå på sofaen med et stykke pizza hængende ud af munden. Oskar vidste, at han kun lå sådan for at irritere Lisa. Det virkede.

'Hvorfor spiser du ikke din mad som et normalt menneske?'

Han åbnede munden, og lod pizzastykket falde ned på sin t-shirt.

’Fordi jeg synes, det smager bedre på den måde, Lisa.’

’Tænk, at nogen synes, du er et spændende menneske.’ sukkede hun opgivende.

Rasmus var faktisk et spændende menneske. Når han ikke sov til langt ud på eftermiddagen, røg fede på den lille altan ved køkkenet og spillede FIFA med pizzastykker dinglende i mundvigen, var han en anerkendt skribent på en venstreorienteret avis, der overbetalte ham for at skrive klummer om samfundet. Han havde udgivet nogle novellesamlinger, der havde solgt langt mere end gennemsnittet for den slags. Han havde fået legater, vundet priser og var generelt et kendt ansigt i kulturkredse. Alligevel boede han på ti kvadratmeter i Oskars lejlighed. Alting var en vittighed eller en provokation for Rasmus.

’Det er min drengede charme og…’

Han holdt en kunstpause.

’Ingen gider at høre om din sørgelige undskyldning for et kønsorgan.’ afbrød Lisa.

’Hov hov! Hvor ved du noget om…’ begyndte Oskar.

’Astrid. Klammoen har jo knaldet med hende.’

Både Oskar og Rasmus nikkede.

’Han gav hende klamydia.’

Rasmus satte sig op. Pizzastykket røg via sofaen på gulvet.

’Her vil jeg gerne opponere.’

Oskar sukkede.

'Hvis du presser mig, indrømmer jeg gerne, at jeg i en rus af tobak fra Marokko kombineret med alkohol…'

'Hvorfra?' spurgte Oskar.

'Jeg mener, øllerne var fra Braunstein.'

'Køge! Godt valg.' applauderede Oskar.

De to venner brugte uendelig energi og tid på at memorere, hvor i Danmark deres øl kom fra. Intet var tilfældigt, hvad angik geografien omkring deres alkoholforbrug.

'Her vil jeg lige indskyde, at Astrid jo er fra Køge, så det lå ligesom i kortene.' sagde Rasmus.

Han lettede på en usynlig hat mod Oskar, der straks gjorde det samme.

'Hun er fra Karlslunde.'

'Kartoffel, potatis.' sagde Oskar.

'Hvad jeg prøver at sige er, at ja – jeg havde intimt samvær med denne Astrid fra Karlslunde, som I snakker så floromvundent.'

'Du gav hende klamydia og ødelagde hendes ferie.'

Rasmus rystede på hovedet.

'Hun gav mig klamydia. Jeg var tvunget i cølibat i næsten fire uger. Min status som Bryggens mest sagnomspundne Casanova var i den grad udfordret.'

'Hun sagde, at den var ubetydelig, og at du ikke anede, hvad du lavede med den.'

Oskar gispede og lod som om, han var chokeret. Rasmus lænede sig ned mod sit underliv.

'Du skal ikke lytte til den onde dame.'

Han samlede pizzastykket op fra gulvet og spiste videre. Lisa gav op og lod sig falde tilbage i sofaen.

'Hvad skal I to turtelduer så lave i morgen? Er det noget med morgenmad på sengen og endnu et forsøg på at lirke låsen i Lisas kyskhedsbælte op? Jeg har en skærebrænder i kælderen, men jeg ved ikke, hvor godt den virker i så kolde omgivelser.'

'Vi skal på loppemarked. Vi kører klokken ni i morgen tidlig.'

'Skal vi det?' spurgte Oskar.

Lisa smilede og gav ham et kys på kinden. Oskar skulle på loppemarked.

Kapitel 3

Der var fyldt med mennesker i Forum. Oskar fulgte i hælene på Lisa, der bare gik og pludrede om alle de ting, der fangede hendes interesse på standene.

'Jeg vil jo gerne have den store Kaj Bojesen-abe. Jeg har to små, men det er jo ikke det samme. Den store har meget mere karakter.'

Oskar kiggede på en frimærkesamling, der ifølge skiltet på kassen stod til 10% af værdien. Han havde samlet på frimærker, da han var dreng, men i dag var frimærker bare porto, som man aldrig kunne finde et sted, der solgte, hvis man endelig skulle sende et brev.

'Skal du til at samle på frimærker?'

'Nej, Lisa. Jeg kigger bare. Jeg samlede som barn.'

'Du burde samle på noget ordentligt!'

Han kiggede på hende. Hun var helt seriøs.

'Hvad er ordentligt?'

'Sådan noget som keramikvaser eller Royal Copenhagen.'

Han stak hånden frem til et håndtryk. Hun tog hans hånd med et forvirret smil.

'Jeg hedder Oskar. Har vi mødt hinanden før?'

'Du er en idiot. Jeg siger bare, at kultiverede mennesker samler på sådan noget.'

'Jeg samler på øl fra små bryggerier.'

'Du drikker øl fra mikrobryggerier. Det er ikke det samme.'

'Jeg samler på de tomme flasker.'

'Nej, du gider ikke at gå ned med pant. Det er stadig ikke det samme, Oskar.'

Hun gik videre. Oskar droppede frimærkesamlingen, som han alligevel aldrig ville have købt.

'Behøver jeg at være kultiveret? Kan jeg ikke bare være mig?' spurgte han.

'Jo, det kan du sagtens, men er du særlig spændende?'

'Er du?'

Hun stoppede op.

'Hvad mener du, Oskar?'

'Jeg spørger dig, om du selv synes, at du er så spændende?'

'Ja, det synes jeg da. Jeg går op i mode og tidens tendenser. Jeg interesserer mig for håndarbejde, klimaet og så er jeg imod krig.'

'Men er det spændende?'

'For mig er det.'

Hun gad ikke, når samtalen skulle handle om hende, så hun begyndte at gå, før Oskar kunne få sin pointe igennem. Det irriterede ham, når hun gjorde sig selv til noget særligt.

Hun var præcis lige så gennemsnitlig som alle de andre kvinder på hendes alder. De skulle alle sammen være så særlige og unikke, men i virkeligheden tilhørte de alle den samme brune gruppe af fællesnævnere.

'Det er denne her.'

Hun holdt en stor og grim abe i træ frem mod Oskar. Han orkede næsten ikke at glo på Kaj Bojesen-aben, for alle kvinder, han kendte, havde den grimme abe hængende i forskellige størrelser. Denne her var en halv meter og var mindst lige så grim som alle de andre aber, Oskar havde mødt på sin vej gennem livet.

'Den koster 6000 kroner. Det er billigt, Oskar.'

Han sagde ikke noget. Han hadede den grimme abe.

'6800 kroner.' sagde sælgeren.

'Det er næsten også 6000.' kom det fra det spændende menneske.

'Det er næsten 7000 kroner.' sagde Oskar.

Sælgeren smilede, mens Lisa holdt aben over hovedet med strakte arme.

'Se Simba. Dette her er Forum. Der må du aldrig…' begyndte Oskar.

'Du er så nederen, du er!' afbrød Lisa.

'Hvad skal jeg sige? Det er en abe i træ.'

'Men er den ikke flot? Skal jeg ikke købe den?'

Hun krammede den grimme abe. Oskar havde aldrig oplevet sin kæreste så utiltalende i de fem år, som de havde været sammen.'

'Har du råd til det?'

'Du kunne jo give mig den!'

'Nej, fandme nej. Jeg vil hellere…'

Oskar fik øjenkontakt med sælgeren.

'… finde noget andet til de penge.'

'Det kunne være min fødselsdagsgave.'

'Der er otte måneder til din fødselsdag.'

Han kunne mærke, hvor samtalen var på vej hen. Han fandt sin mobiltelefon frem.

'Kan man få rabat på den abe?'

'Sælgeren kunne ikke lide Oskar. Han havde latterliggjort sælgerens sjældent udbudte vare. Der var intet at gøre ved prisen. Han tog heldigvis MobilePay. Oskar betalte, takkede nej til en pose og lod Lisa slæbe rundt på den grimme abe, som lignede, at hendes kæreste havde vundet den i et skydetelt i Tivoli.

'Du er altså den bedste kæreste i verden.'

Lisa var allerede i gang med at forevige sig selv med den grimme abe. Snart ville endnu en rædsel fra Kaj Bojesen pryde de sociale medier.

'Skal vi ikke bare tage hjem?' spurgte Oskar.

'Det kan vi godt.'

De gik mod udgangen sammen. Lisa følte sig lykkelig. Oskar følte sig økonomisk udnyttet. Han ville have arkiveret oplevelsen under "happy wife, happy life"– hvis det altså ikke var fordi, han hadede det udtryk mindst lige så meget, som han hadede Kaj Bojesens grimme dyr i træ.

'Det har været en god søndag allerede.' sagde Lisa.

De var næsten ved udgangen, da noget fangede Oskars blik. Han gik direkte hen til sælgeren, der solgte alt inden for vintertøj og udstyr til vintersport.

'Hvad skal du have for de rulleski?' spurgte han.

Kapitel 4

'Jeg har personligt ikke den store erfaring, men jeg har da aldrig set eller oplevet så flot et sæt rulleski i mit liv.'

'Tak, Ras!'

De stod begge og beundrede det hvide sæt rulleski, der nu lå tværs over køkkenbordet.

'Prisen? Snakker vi om den, eller nyder vi bare øjeblikket?'

Oskar rømmede sig.

'Så dyrt alligevel?'

'Seks tusinde med bindinger.'

'Latterligt lavt for den slags kvalitet.' sagde Rasmus.

'Småpenge, når man ser, hvad jeg har fået for den slags penge.' indrømmede Oskar.

'Man kan vel dårligt få en stor Kaj Bojesen-abe for de penge.' fortsatte Rasmus.

Lisa gav ham fingeren fra stuen, mens hun sad med aben på skødet.

'Nå, men vi ses vel på løjperne?' sagde Rasmus og løftede sit ølkrus.

'Det er langrendsski.' svarede Oskar.

'Hvor passende. Det er jo den store sport i Vejle.'

De drak af deres krus. Øllen fra Bøgedal i Vejle var helt perfekt til lejligheden.

'Bliver I aldrig trætte af det dér?' spurgte Lisa.

Hun havde sluppet sin gave for et øjeblik, så hun kunne hente en flaske kildevand fra køleskabet.

'Trætte af øl? Aldrig!' svarede Rasmus.

Hun sukkede og forlod køkkenet.

'Hvorfor er det, at vi stadig er sammen med isdronningen?' hviskede Rasmus.

'Vi er ikke sammen med hende. Jeg er sammen med hende.'

'Men hun er her hele tiden i vores lejlighed.'

'Min lejlighed.'

'En petitesse. Ordknepperi.'

’Du har ikke betalt husleje i denne måned.’ sagde Oskar.

’Er det fordi, du har brugt 6800 kroner på en abe i træ, at du pludselig skal være så modbydelig?’

’Du betalte heller ikke i sidste måned.’ svarede Oskar.

’Du kan ikke være bekendt at ødelægge vores øjeblik sammen med dine nye rulleski.’

’Hvornår har du egentlig sidst betalt for noget som helst?’

Rasmus kiggede fortørnet på Oskar.

’Jeg hentede øl i fredags. Mange øl. Øl til hele weekenden.’

’Som jeg havde bestilt og betalt.’

’Hvad var det værd, hvis ikke jeg havde hentet dem?’

’Touché.’ indrømmede Oskar.

De to venner skålede.

Kapitel 5

Weekenden var næsten forbi. Det var søndag aften. De havde lige haft sex. Oskar havde håbet på en særlig tak for de næsten syv tusinde kroner, som han havde brugt på gaven til Lisa på loppemarkedet. Han var blevet slemt skuffet, for det var kun blevet til en helt fredelig omgang missionærstilling.

Han følte sig klar til at rejse Afrika rundt og forkynde Guds ord over det ganske kontinent med alt det, han havde missioneret over de seneste fem år. Nu lå de i hver deres side af sengen. Ingen havde sagt noget.

'Jeg skal lige have et billede af dine flotte rulleski.'

Det var Rasmus, der brasede ind i soveværelset uden at banke på. Lisa trak dynen op over sig. En bevægelse som Rasmus naturligt opfattede som fjendtlig. Han var jo et barn.

'Tag det bare roligt, prinsesse. Du kan ikke vise mig noget, der kan frastøde mig mere end det, der normalt kommer ud af munden på dig.'

Oskar smilede. Han turde ikke grine.

'Hvad griner du af? Hvorfor skal jeg finde mig i det?'

Hun stirrede indigneret på Oskar.

'Det skal du heller ikke. Vis mig dine bryster, så jeg kan se, at jeg tager fejl.' sagde Rasmus.

Oskar begyndte at grine. Lisa vendte øjne, men begyndte også selv at grine. Hun kunne godt være glad – og indimellem kostede det mindre end 6800 kroner.

'Måtte jeg tage dine rulleski?'

'Hvis du tager dem på, slår jeg dig ihjel!'

Rasmus stoppede midt i rummet. Han lignede et barn, der var blevet taget med fingrene i kagedåsen.

'Jamen, jeg vil bare lige varme dem op for dig.'

'Skrid ud af mit soveværelse, din skityv!' råbte Oskar.

'Hvorfor er du sådan? Nu fakede du ikke igen, vel Oskar? Vi har snakket om, at du både snyder dig selv og Lisa.' sagde Rasmus.

'Skrid ud!' råbte Lisa.

Rasmus drejede rundt på hælen. Han stoppede i døråbningen.

'Jeg bliver mindet om min barndom, når I har sex.' sagde han.

'Nå, spionerede du også på dine forældre?' spurgte Lisa.

'Nej, når du stønner, lyder du som min mormor, når hun skulle have støttestrømper på.'

Han smækkede døren i, før nogen kunne nå at kommentere. Lisa satte sig op i sengen.

'Hvorfor bor han her?'

'Han har ikke noget andet sted at gå hen.' løj Oskar.

Rasmus kunne gå mange andre steder hen. Han ville bare hellere bo sammen med Oskar. En drøm de havde haft, siden de gik i sjette klasse.

'Betaler han overhovedet husleje?'

'For det meste.' løj Oskar igen.

'Hvorfor smider du ham ikke ud? Så kan vi bo her sammen. Så kan vi snakke om alle de ting, som vi talte om i telefonen i går.'

Oskar måtte undertrykke den rædsel, der bredte sig i hele hans krop. Hvis den nåede hans ansigt, ville han blive single på to sekunder.

'Jeg synes, at vi skal kigge på det efter sommerferien.'

'Det sagde du også sidste år. Der var det både efter ferien og efter jul og nytår.'

'Du ved godt, at han havde det svært sidste år, ikke?'

Rasmus havde aldrig haft det svært i sit liv. Oskar havde fundet på en historie, hvor Rasmus havde været i pengenød på grund af et udløbet legat. Rasmus havde tigget både Oskar og Lisa om penge i tre måneder. Det havde været for at gøre det mere realistisk, havde han forklaret Oskar, når denne havde brokket sig over, hvor meget der egentlig var blevet tigget. Der var fløjet rundt med pengesedler, gratis øl og drinks samt bunkevis af takeaway hele vinteren.

'Jeg kunne bare godt tænke mig, at vi tog tingene til næste niveau.'

Rædslen meldte sig igen. Han måtte trække dynen over hovedet, så hun ikke kunne se hans ansigtsudtryk.

'Okay, jeg skal ikke presse dig. Jeg vil bare gerne være sammen med dig resten af livet.' sukkede hun.

Kapitel 6

Han var ti minutter forsinket. Lisa sad allerede ved bordet og ventede. Han vinkede. Hun stak ham et smil og vinkede tilbage.

'Undskyld, jeg skulle lige sende en mail.'

Oskar kyssede hende, før han satte sig til bords. Han var skrupsulten.

'Jeg har bestilt forret og fisk til os begge.'

Oskar skænkede op af hvidvinen, som Lisa også allerede havde bestilt.

'Det lyder helt perfekt. Jeg nåede ikke at få frokost.'

'Hvad er der i posen?' spurgte hun.

'Det var derfor frokosten smuttede. Jeg gik forbi en butik på vej ned til sandwichshoppen.'

Han trak sit nyindkøb ud af posen.

'Hvad er det? spurgte hun.

'Det er en boomerang!' konstaterede han tørt.

'Hvad skal du med den?'

'Jeg skal kaste med den. Hvad ellers?'

De sad begge og stirrede på hinanden i vantro.

'Okay. Skal man ikke have en hund, hvis man vil kaste med pinde?'

'Øh nej. Ved du, hvordan man ved, at det er en boomerang?'

Hun havde armene over kors.

'Man kaster den – og hvis den ikke kommer tilbage.'

Han begyndte at grine.

'Hvad så?' spurgte hun irriteret.

'Ja, så er det jo ikke en boomerang.'

Hun fortrak ikke en mine. Han pakkede sin boomerang væk.

'Hvordan har din dag været?'

'Fyldt med pattebørn, skrig og skrål.' vrissede hun.

'Sådan er det jo at være pædagog.' konstaterede Oskar.

'Jeg mente nu mest forældrene.'

Han begyndte at grine. Lisa smilede verdens svageste smil.

'Hvorfor finder du ikke noget andet? Du er jo ikke glad for dit arbejde.'

'Fordi jeg havde…'

Hun stoppede midt i sætningen.

'Fordi du går og regner med, at vi skal flytte sammen og få børn?'

Hun sagde ikke noget. Hun stirrede bare ud i luften. Oskar fik dårlig samvittighed. Lisa havde aldrig holdt sine ideer om fremtiden skjult. Hun ville have det hele med Oskar.

Han var til gengæld en umoden mand på niogtyve år, der endnu ikke havde fundet ud af, hvordan han skulle tage livet alvorligt. Det vidste han godt var et problem for ham, for Lisa og for deres forhold. Han ville gerne være den kæreste for hende, som hun drømte om. Han var simpelthen ikke klar til det. Der var så mange provinsbyer med så mange øl, han endnu ikke havde smagt. Han havde så mange FIFA-dueller, der stadig ventede på at blive udkæmpet. Han ønskede at stå på rulleski og kaste med sin nye boomerang. Han var et barn med et voksent arbejde, der tjente voksne penge. Han var ikke det, Lisa gerne ville have, og det gav ham dårlig samvittighed.

Kapitel 7

'Hvad er meningen med livet egentlig?' spurgte Oskar.

Han takkede for femte gang nej til den joint, som Rasmus røg på altanen. Det gik ikke, at han røg sig skæv, når tirsdag var en ganske normal arbejdsdag.

'Jeg hæfter mig ved, at du siger meningen og ikke idéen.' svarede Rasmus. Han sad på to ølkasser, som engang havde været hjemsted for to gange tredive styk af Carlsbergs mest ligegyldige bajere. I årevis havde hverken Rasmus eller Oskar rørt den slags øl, så nu var de to tomme kasser blevet til en siddeplads på altanen.

'Jeg står op, jeg går på arbejde, og så er jeg sammen med dig eller Lisa.'

'Det lyder helt perfekt.'

'Nej, det er ikke perfekt. Jeg er aldrig nogensinde til stede i noget af det. Når jeg er på arbejde, vil jeg hellere noget andet. Når jeg er sammen med Lisa, tænker jeg på fis og ballade med dig, men...'

'Rolig nu. Tænk lige en ekstra gang, før du gør den sætning færdig.' afbrød Rasmus.

'Når jeg er sammen med dig, tænker jeg på, at jeg svigter Lisa.'

'Av av av, knive i ryggen.'

Rasmus tog sig til ryggen.

'Hold nu kæft. Er det bare mit liv? Skal jeg bare være tilfreds med det?'

'Hvad mener du? Det lyder bare, som om du er lidt rastløs i livet. So what?'

'Det går ikke væk, Ras. Jeg bliver ved med at føle mig ved siden af mig selv. Jeg ønsker hele tiden noget andet end det, jeg har.'

'Så lav om på det. Drop Lisa. Lad os tage til Indien eller Mexico?'

'Indien og Mexico? Kunne det blive mere random?'

'Du ved, hvad jeg mener.' konstaterede Rasmus.

’Måske burde jeg smide dig ud? Gifte mig med Lisa. Måske burde vi få børn?’

Rasmus sprang ned fra ølkasserne. Han lagde sin joint fra sig i en af de plantekasser, der hang fra altanen. Herefter gav han Oskar et kæmpe kram.

’Du må aldrig gå mod den mørke side, Oskar. Der venter dig kun lortebleer, dårlig nattesøvn og en snarlig skilsmisse.’ hviskede Rasmus.

Oskar sukkede. Han trængte til noget søvn.

Kapitel 8

’Hej Oskar. Det er tirsdag! Er du ikke på arbejde?’

Oskars far stod i døren. Han havde sit jakkesæt på. Da Oskar ikke svarede, åbnede han døren og lukkede sin søn ind.

’Er alt okay med dig? Jeg har et møde klokken ti. Skal du have en kop kaffe?’

De gik begge mod køkkenet. Det var et samtalekøkken, hvor tredive mennesker kunne have samtaler på kryds og tværs. Oskars far havde klaret sig godt i livet, hvis man altså målte den slags på kvadratmeter og boligpriser.

’Hvad sker der med dig?’ spurgte han.

Oskar havde sat sig ved det enorme spisebord.

'Jeg ved det ikke rigtig. Jeg føler, at jeg drukner i mit eget liv.'

'Hvad betyder det?' spurgte han.

'Det ved jeg heller ikke helt. Jeg synes bare, at alting er enormt meget det samme. Der sker ikke noget i mit liv, far.'

De sagde ikke noget, mens espressomaskinen bryggede en kop til Oskar.

'Måske skulle du tage og blive voksen?'

Sætningen ramte som en hammer. Oskar kendte sin far godt nok til at vide, at det ikke blev sagt med nogen form for fordømmelse eller negativitet. Det var bare en konstatering.

'Det er nok også det, som jeg er nået frem til selv.'

Oskars far satte koppen foran sin søn.

'Men hvad betyder det, at jeg skal blive voksen?'

Hans far satte sig overfor ham.

'Det betyder, at du skal til at tage nogle andre valg i livet.' svarede hans far.

Oskar forstod tyngden af den beslutning, men ikke hvad det præcis ville indebære.

'Du skal måske overveje at flytte sammen med Lisa. Hun har været tålmodig med dig i mange år.'

Oskar sukkede.

'Det kunne også være, at du skulle være single for en tid.'

Oskar smilede til sin far.

’Jeg ved ikke, hvor jeg står med Lisa.’

’Nej, det er ret tydeligt. Mange andre mænd havde nok gjort lidt mere for deres kæreste, end du har gjort.’

Oskar havde stået tidligt op for at besøge sin far. Her havde han forventet at modtage kyndigt råd og vejledning. Lige nu føltes det mere som om, han var taget hjem til Lisas far, der ikke var udpræget begejstret for sin svigersøns behandling af hans datter.

’Du er en drengerøv, Oskar. Du spiller computerspil, ryger hash og drikker øl.’

Oskars far smilede til ham.

’Du har taget dig en god uddannelse. Du har et arbejde, hvor du tjener flere penge end de fleste på din alder. Du har en sød kæreste.’

Oskar tog en tår af sin espresso. Den var stærk, for det var den eneste slags kaffe, hans far nogensinde havde drukket.

’Kan du se, hvor jeg vil hen? Du må beslutte dig for en vej i livet. Skal du være en drengerøv, eller vil du være en mand?’

’Hvor var du henne, da du var på min alder?’

Oskars far begyndte at grine.

’Jeg stod i lort til halsen, Oskar. Jeg knoklede med at starte en virksomhed. Jeg havde fået dig, og mit ægteskab lå i ruiner.’

'Så hvad?'

'Hvad mener du med hvad? Der var sgu ikke tid til at være en drengerøv! Jeg levede som en munk. Jeg sov, jeg arbejdede, og jeg havde dig hver anden weekend. Der var hverken fester, spillemaskiner eller damer i mit liv.'

Hans far sukkede. Oskar sagde ingenting.

'Det var dig, Oskar. Du var min fritid, min fest og mit sociale liv.'

'Hvad så, hvis man ikke vil noget af det?'

'Ja, så er man en forkælet unge. Du har en gave i livet lige nu, som er din ungdom. Hvis du spilder den på at sætte dig mellem flere stole, så er den ungdom spildt.'

Oskar drak ud. Han skulle på arbejde.

'Jeg bakker dig op, uanset hvad, Oskar. Jeg snakker ikke med din mor så forfærdelig meget mere, men jeg er sikker på, at hun har det på samme måde som mig.'

'Tak, far. Tak for kaffen. Jeg smutter.'

Oskar rejste sig.

'Oskar? Find ud af det, inden det er for sent, okay? Du er stadig ung. Det er nu, hvis du skal slå en skævert. Om ti år har du ikke den luksus i livet længere.'

Kapitel 9

Oskar havde taget tidligt fri fra arbejde. Han havde løjet. Først over for Rasmus, så over for Lisa. Han havde sagt, at han havde en masse arbejde på kontoret. Nu stod han på Kløvermarkens boldbaner med sin boomerang. Han havde brugt den sidste time af sin arbejdsdag på at se videoer på YouTube. Det første kast gik slet ikke efter planen. Nogle drenge, der stod og ventede på deres fodboldtræner, grinede af Oskar. Han løb lidt frem og tilbage efter boomerangen, der lige nu bare var en ekstremt dyr pind, der var formet sjovt. Efter nogle kast fik han løsnet op for håndleddet. Boomerangen kom ikke tilbage til ham, men den kom tilbage mod ham. Løbeturene blev kortere og kortere. Da boomerangen endelig kom tilbage til ham, blev han så forskrækket, at han glemte at række hånden ud for at gribe den. Et par kast senere kom den igen imod ham, og han greb den. Fodbolddrengene klappede, mens Oskar ømmede sig. Den var ikke nem at gribe og gjorde ondt i håndfladen. Kontorhænder var ikke boomeranghænder. Han ærgrede sig pludselig over, at han ikke også havde taget sine rulleski med på arbejde. Da han ikke længere orkede flere løbeture, besluttede han sig for at gå hjem. Han ville gå gennem Christiania, for vejret var varmt, og turen var hyggelig.

Da han gik gennem gaden, mødte han Kalle. En lille og tæt type, der solgte røg og løftede vægte.

'Oskar, mand! Skal du have fire pinde?'

Oskar overvejede et kort sekund, for han havde handlet med Kalle flere gange, end han kunne tælle. I dag var bare anderledes.

'Nej, jeg springer over. Jeg tror sgu, at jeg er færdig med den slags.

'Det kan jeg sgu da ikke leve af.'

'Jeg er blevet voksen. Det går ikke længere.'

'Hvad skal du så? Have unger og en villa i Hellerup?'

De begyndte begge at grine.

'Nej, jeg tror bare, at der skal ske noget andet med mig.'

'Fedt nok! Befri dit liv, ikk'?'

Kalle grinede. Oskar gik videre. Det var meget sjovt med citatet fra Midt om Natten. Det satte meget godt ord på, hvad det var, Oskar havde brug for.

'Befri mit liv.' gentog han for sig selv.

Da han nåede Spiseloppen, var der udeservering, hvor man tilfældigt havde placeret forskellige typer af borde. Han havde ikke travlt med at komme hjem, så han bestilte en vegansk ret fra udekøkkenet. Han fandt et tomt bord, hvor han kunne sidde med sin tallerken med mad. Inden længe kom der en kvinde og satte sig.

Hun havde vildt orange hår, der mest af alt lignede den revne gulerod fra Oskars tallerken.

'Er det god mad?' spurgte hun.

Hun lød, som om hun aldrig havde været uden for Amager eller Christianshavn.

'Det er fint. Det er friskt og lækkert.'

Hun stak hovedet ned mod Oskars tallerken.

'Er det dyrt?' spurgte hun.

Oskar havde en fornemmelse af, at han og hun ikke delte samme opfattelse af ordet dyrt.

'Giver du en tallerken mad? Jeg har glemt min pung hos min privatchauffør.'

Hun grinede en hæs latter. Oskar rejste sig og bestilte en tallerken mad og to glas med juice. Da han kom tilbage, sad hun og røg en cigaret.

'Jeg ryger lige færdig. Så kan vi spise.'

Oskar lagde høfligt sin gaffel fra sig. Hun røg færdig, før de begyndte at spise.

'Er du på gennemrejse efter tobak?' spurgte hun.

'Nej, jeg er bare på gennemrejse.'

Hun studerede ham et øjeblik. Det lod Oskar sig ikke genere af. Han kiggede på hende, mens han blev målt og vejet.

'Du er i opbrud. Hvor er du på vej hen?'

Spørgsmålet blev præsenteret meget højtideligt.

'Jeg er på vej et andet sted hen.'

'Det skal du blive ved med. Det går sgu ikke, det du har gang i.'

Hun drak af sin juice.

'Da jeg var ung, rejste jeg til Tibet. Det var en pilgrimsrejse for mig. Jeg var nødt til at finde ud af, hvad der skulle blive af mig.'

Oskar stak gaflen i sin salat, men løftede den ikke til munden.

'Blev du klogere?'

'Nej, slet ikke. Jeg kunne ikke finde mig selv i Tibet.'

'Hvor var du så henne?'

'Jeg forlod aldrig Christianshavn inde i hovedet.'

'Så du vendte tilbage til det, som du troede, du ville være blevet klogere på?'

'Noget i den retning. Det gik op for mig, at jeg havde fokuseret så meget på Tibet. Jeg havde tænkt på et kloster, nogle munke og på denne her kæde.'

Hun rodede rundt med de mange lag af hjemmestrik, som hun bar på sin overkrop. Til sidst trak hun en perlekæde frem. Oskar rakte over bordet og rørte ved kæden. Det var perler af træ, der sad på kæden. De var underligt glatte.

'De er vilde, er de ikke?'

'Jo, meget.'

Han gav slip på kæden, som hun fik manøvreret tilbage under sit tøj.

'De var rå dengang. Med tiden er de blevet bløde og blanke.'

Oskar nikkede. Han forstod udmærket, hvad der var sket, men inden han kunne sige noget, greb hun hans hånd.

'Hemmeligheden er gemt i processen. Jeg rejste til Tibet efter de skide perler, men der skete ingenting.'

Hun slap Oskars hånd og tog endnu en slurk af sin juice.

'Jeg kom hjem, blev gravid med en stodder, der skred igen. Stod med en unge og var på røven. Alt var stadig lort.'

Oskar begyndte at forstå, hvor hun ville hen. Hendes orange hår blafrede, da en lille brise skød gennem gaden.

'Med tiden fandt jeg ud af, at rejsen er det vigtigste. Ungen blev stor og stærk – og det gjorde jeg også. Pludselig var perlerne bløde og blanke. Tiden, mand. Det er tiden, vi bruger på ting, der bestemmer, hvem vi er.'

Hun nikkede for sig selv.

'Befri dit liv!' sagde Oskar.

Hun begyndte at grine. Den hæse latter smittede.

'Befri dit skide liv, mand.'

Oskar forstod stadig ikke, hvad han var i færd med, men han kunne mærke, at han var på vej.

Kapitel 10

'Du havde bedt om et møde?'

Oskar havde stort set aldrig haft en samtale med sin chef. Han havde været ansat i snart fire år, kunne godt lide sit arbejde, men han mødte for det meste bare ind, passede sit job og smuttede hjem igen.

'Ja, det må du undskylde. Jeg ved godt, at du har travlt.'

'Jeg står altid til rådighed, Oskar.'

Hun smilede til ham. Hendes parfume var maskulin og brutal. Den passede fint til hendes påklædning, der var så skarp, at man kunne skære sig på den.

'Jeg er rigtig glad for at være her.' begyndte Oskar.

'Men nu skal du til at stifte familie, så nu vil du gerne have mere i løn?'

Hun smilede til ham. Hun var typen, der altid var to skridt foran. Det var derfor, hun lignede, duftede og var en succes.

'Nej, det var ikke sådan.' forsøgte Oskar.

'Lisa. Hun virker sød. Jeg har jo set hende, når vi har haft sommerfester.

'Hun er mægtig sød.'

’Hvor gammel er du, Oskar?’

’Jeg bliver tredive om et par måneder.’

’Hvad med Lisa?’

’Hun er et år yngre end mig.’

Han smilede nervøst til chefen, der pludselig foretog et alt for seriøst servicetjek af hans parforhold.

’Jeg fik mit første barn, da jeg var tredive.’

Oskar anede ikke, hvad han skulle svare.

’Men vi sidder jo ikke her, fordi jeg skal have mere i løn, gør vi?’

’Nej, det er nok ikke mit bord.’ svarede Oskar kækt.

Hun havde åbnet sin computer. Hendes perfekt manicurerede fingre gled over tasterne. Oskar følte en trang til at afbryde, men modet svigtede ham fuldstændig.

’Du er jo en dygtig medarbejder. Du har stort set ingen klager fra dine klienter. Du passer dit arbejde og er næsten aldrig syg. Du har til gengæld stadig en del ferie sparet op.’

Han så sit snit til at vende tilbage til samtalen.

’Det er så blandt andet derfor, jeg har bedt om dette møde.’

’Du skal da holde din ferie, Oskar. Det er jo bestemt af loven. Længere er den vel ikke?’

’Jo, men det er fordi, at jeg gerne ville holde den snart.’

Hun kiggede spørgende på ham.

'Men, ja.' begyndte han.

'Du vil gerne snakke løn først? Du og Lisa planlægger barn? Bryllup måske?'

'Nej, ikke lige med det samme.'

'Jeg kan give dig otte procent mere i grundløn. Så kan du få fire procent i pension.'

Hun smilede til ham, som om samtalen nu var forbi. Hun lukkede endda sin computer.

'Det var mere, efter jeg har brugt min ferie.'

'Ja?' spurgte hun uinteresseret.

Hun var ikke vant til, at nogen fortsatte med at tale, når hun havde talt ud. I hendes optik, burde han bare rejse sig og forlade hendes kontor.

'Så vil jeg gerne sige op.' sagde Oskar.

Kapitel 11

'Har du sagt op? Er du rigtig klog? Hvad skal der blive af os alle sammen? Hvad skal der blive af vores forhold?'

Rasmus lignede et menneske, der havde fået en granat smidt i hovedet. Han sad på køkkenbordet, mens de ventede på, at deres lasagne skulle blive færdig.

'Det ved jeg ikke. Jeg har bare ikke lyst til at arbejde på det kontor længere.'

’Forstår du ikke, at det var vores guldkalv? Vi kunne købe spil, joints og øl resten af livet, så længe du tog 37 timer for holdet?’

Oskar rystede på hovedet. Rasmus fandt den sorte grydeske frem fra skuffen.

’Åh nej, ikke med grydeskeen, Rasmus.’

’Jo, fandme jo! Af med bukserne, Oskar.’

Oskar løsnede sit bælte og trak bukserne ned.

’Også dine shorts!’

’Seriøst?’

Oskar blottede sine nøgne balder. Det første slag var det værste. De sidste elleve blev gradvist nemmere.

’Tag bare bukserne på igen. Er der snart mad?’

Oskar trak sine bukser op og strammede bæltet. Rasmus forlod køkkenet. Et øjeblik senere kom han tilbage med den sorte bog.

’Det er nøjagtigt 439 dage siden, vi sidst havde den sorte ske i brug.’

’Mikkeller-skandalen?’ spurgte Oskar.

’Det er et sort kapitel i vores venskab.’ svarede Rasmus.

Ingen af dem sagde noget, mens Oskar tjekkede til lasagnen.

’Hvad synes du ellers om min teknik? Jeg synes selv, at jeg har fået mere svirp i håndleddet.’

'Jeg ville ikke sige noget, mens du var i gang, men jeg synes godt, at jeg kunne mærke, at du er begyndt at spille tennis igen.' indrømmede Oskar.

'Min baghånd er også stærk. Den kommer du forhåbentlig aldrig til at mærke.' advarede Rasmus.

Oskar tog maden ud af ovnen, mens Rasmus åbnede to øl, som han skænkede i hver deres nedkølede ølkrus.

'Hvor skal vi hen i dag?' spurgte Oskar.

'Hvis jeg siger Solstrejf over Skamlingen?' spurgte Rasmus.

'Ja, så kvitterer jeg med 6000 Kolding.'

De satte sig tilfredse til bords. Inden de satte tænderne i hver deres opvarmede lasagne, skålede de og drak af de iskolde krus.

'Den er pragtfuld.' sagde Rasmus.

'Ja, den smager af øl.' istemte Oskar.

'Har du sagt noget til Lisa?' spurgte Rasmus.

'Nej, ikke endnu.'

'Hun bliver nok ikke henrykt.'

Oskar vidste det godt. Han havde sat en kæp i hjulet på hendes drøm om et liv sammen. Hans indkomst eller mangel på samme ville blive et problem. Især hvis Lisa drømte om, at hun skulle gå hjemme og være gravid.

'Du ser nu heller ikke for henrykt ud.' fortsatte Rasmus.

'Nej, men det er nu engang sådan, det er.'

'Hvad skal du lave?'

'Hvad mener du?'

'Oskar. Du er typen, der går på arbejde og tjener penge. Du skal vel lave et eller andet.'

'Det ved jeg ikke, om jeg skal.'

'Har du fået en livstruende sygdom? Er jeg med i en Nik & Jay-sang?'

'Nej, jeg er ikke syg. Jeg skal bare noget andet.'

'Hvad for noget andet?'

'Noget andet end dette her.'

Kapitel 12

'Jeg skal bare lige forstå dig ret.'

Lisas ansigtskulør havde skiftet farve flere gange. Hun var gået fra normal til kridhvid, men nu var hendes ansigt på vej over i en rødlig farve. Hun sad heller ikke helt så stille i sofaen, som hun ellers havde gjort til at begynde med.

'Du har sagt dit arbejde op. Din chef tilbød dig en bedre løn, men du sagde i stedet dit job op?'

'Det handlede jo ikke om pengene.'

'Hvad handler det så om, Oskar? Gider du ikke være venlig at forklare mig, hvad det så handler om?'

'Det handler om, at jeg gerne vil noget andet i livet.'

Oskar vidste godt, hvad det næste spørgsmål ville være. Han var også fuldt ud bevidst om, at han ikke kunne svare på det spørgsmål.

'… og inden du spørger mig, så ved jeg ikke, hvad jeg gerne vil. Jeg ved bare, at jeg ikke vil dette her mere.'

'Er jeg en del af det, som du ikke vil mere?'

Endnu et spørgsmål, som Oskar vidste ville komme. Desværre var det også et spørgsmål, som han heller ikke havde et entydigt svar på.

'Jeg ved godt, at jeg er tarvelig, men jeg skal lige finde ud af nogle ting. Det er jo ikke dig. Det er…'

Lisa skreg! Hun skreg ud i stuen, som var hun blevet slået, sparket og trukket i håret. Oskar var lamslået.

'Hvad fanden sker der?' spurgte Rasmus.

Han var kommet løbende fra sit værelse. Så meget for det privatliv, som han havde lovet Oskar en time tidligere.

'Det er bare Oskar, der er ved at slå op med mig.'

'Nå, puha. Var det bare det?'

Rasmus så helt lettet ud.

'Bare det, Rasmus? Det var bare lige fem år af mine tyvere. Jeg kunne have været gift og fået børn. I stedet har jeg spildt fem år på dette her.'

Hun slog ud med armene. Nu kom tårerne. Oskar følte sig ligbleg.

Han ville gerne sige noget, men skrigeriet havde taget pippet fra ham. Rasmus kiggede på Oskar, der sad som forstenet. Efter nogle sekunder, hvor Lisa bare sad og græd, prøvede Rasmus at trøste hende.

'Få dine klamme arme væk fra min krop.' skreg hun.

Hun rejste sig og løb mod badeværelset. Øjeblikket efter smækkede døren.

'Oskar?'

'Ja.'

Oskar skulle lige bearbejde, hvad der var foregået i stuen. Han havde forventet en reaktion fra Lisa, men han var alligevel uforberedt på, hvad der rent faktisk var sket.

'Jeg tror, at din kæreste er gået i stykker.' sagde Rasmus.

'Jeg tror slet ikke, at hun er min kæreste længere.'

Rasmus satte sig ned ved siden af Oskar.

'Hvordan har du det med det?' spurgte han bekymret.

'Jeg tror, at det er fint nok.'

'Hvad har du egentlig gang i?'

'Jeg vil også have blanke perler.' svarede Oskar.

Kapitel 13

'Jeg er ikke helt sikker på, at jeg forstår, hvor du vil hen.'

Claes var en dygtig bankmand. Han havde allerede hjulpet Oskar flere gange med forskellige opsparinger og købet af lejligheden.

'Jeg skal bare vide, hvor meget jeg er værd, hvis jeg ville hæve alting i dag.'

Claes kørte hånden ned ad sit slips. Det virkede som en nervøs trækning. Han virkede i hvert fald ude af fatning.

'Du skal jo sælge lejligheden, før jeg rigtig kan lave den udregning.'

'Så sælger jeg lejligheden.'

Claes kiggede op.

'Jeg kan sætte den til salg i dag.'

'Er du i problemer, Oskar? Skylder du penge?'

'Slet ikke. Jeg har brug for at vide det.'

'Det er jo arven fra dine bedsteforældre, som du vil sælge. Er du sikker på, at du gerne vil det? Du får aldrig sådan en lejlighed igen.' advarede Claes.

'Jeg er helt sikker.' fastslog Oskar.

'Men det er jo ikke klogt, for det er jo min pligt…'

'Jeg er helt sikker.' gentog Oskar.

Han var helt sikker. Han havde aldrig været så sikker, som han var i det øjeblik. Lejligheden skulle sælges.

'Er det banken eller mig, der har været skyld i denne beslutning? Det virker overilet, hvis du spørger mig.'

Claes gav ikke op. Han var en god bankmand. Han var bankens mand, men han prøvede også at passe på Oskar.

'Skal jeg også sælge dine…'

'Sælg det hele. Jeg går til mægleren nu.' afbrød Oskar.

Han rejste sig og rakte hånden frem mod Claes.

'Jeg kan jo ikke give dig det hele i kontanter.'

'Det behøver du heller ikke. Jeg skal bare have pengene til rådighed. Jeg ringer til dig i morgen. '

Oskar opgav at få et håndtryk. Øjeblikket efter stod han udenfor banken. Han kunne mærke blodet cirkulere i kroppen. Han var i live. Det hele føltes rart og dejligt, men vigtigst af alt – det føltes rigtigt. Han begyndte at gå. Gåturen mod ejendomsmægleren tog under to minutter, så han benyttede lejligheden til at strække benene. Da han trådte ind i mæglerbutikken, stod der tre personer klar til at tage sig af ham. Han studerede dem alle tre, før han besluttede sig for kvinden i den lidt for korte kjole. Hun lignede ikke en, som han skulle bruge tid på at overbevise om særlig meget. Han præsenterede sig selv ganske kort. Mægleren hed Erika, og de gik ind på hendes kontor.

'Jeg vil gerne sælge min lejlighed.'

'Ja, det skulle jeg da nok kunne hjælpe dig med.'

'Det vil jeg blive glad for.'

Han stak hånden i inderlommen og fandt de papirer på lejligheden, som han havde haft liggende derhjemme.

'Uha, den bliver ikke svær at sælge.'

Hun smilede til ham. Hun var en ægte haj med døde øjne. Når hun først bed sig fast i en køber, ville de mørke øjne komme til live. Oskar kunne allerede godt lide hende.

'Kan jeg så også hjælpe dig videre med et nyt sted?' spurgte Erika høfligt.

'Nej, det bliver ikke nødvendigt.'

'Det er jeg da ked af. Du har måske helt andre planer?'

Hun spurgte høfligt, men Oskar følte sig presset. Han havde ingen planer. Det synes han selv var helt okay, men han kunne godt mærke, at det ville lyde tæt på sindssygt, hvis han sagde det højt.

'Ja, jeg skal flytte ind hos min kæreste.' løj han.

'Hun må være sød og dejlig.'

'Hvorfor siger du det?'

'Fordi man ikke sælger sådan en lejlighed, hvis ikke man er sikker i sin sag.'

Hun smilede. Oskar smilede også. De var begge høflige.

'Hvor hurtigt kan det gå?'

Oskar gad ikke være høflig længere. Han ville have svar, så han kunne komme videre.

’Uha, jeg forventer en budkrig.’

’Kan du stå for alt det, hvis jeg ikke er interesseret i den slags?’

’Ja, det kan jeg vel. Du er ikke interesseret?’

Hun så spørgende ud.

’Nej, slet ikke. Jeg har arvet pengene til lejligheden. Jeg forestiller mig, at den er noget dyrere nu, så prisen er ikke så vigtig for mig.’

’Okay!’ sagde hun tørt.

Hun begyndte at notere ting på sin computer.

’Kan den sælges møbleret?’

’Undskyld?’

’Møblerne skal jeg ikke have med. De passer ikke ind i min kærestes hjem.’

’Det giver jo ikke lejligheden mere værdi, medmindre du har klassikere i hele huset.’

’Det har jeg bestemt ikke.’ grinede Oskar.

’Men det noterer jeg mig her.’ sagde hun.

Oskar kunne mærke utålmodigheden brede sig i kroppen. Erika var helt sikkert en god og dygtig mægler, men hun havde ikke forstået, at hun bare skulle sælge den forbandede lejlighed. Oskar var fuldstændig ligeglad med til hvem, for hvor meget eller hvordan.

’Jeg kan komme forbi med nøglerne i morgen.’

Hun kiggede op igen. Bekymringen i hendes ansigt var tiltagende.

'Så hurtigt gør vi normalt ikke tingene her i huset.'

'Nej, men så sæt dit salær op. Jeg er ligeglad!'

Den røg ud af ham. Utålmodigheden. Han ville normalt have undskyldt, men hun måtte for pokker forstå, at han bare gerne ville af med den lejlighed.

'Jeg skal snakke med din bank, og så skal vi have klaret en masse praktisk, før jeg kan slippe dig.'

Oskar sukkede.

'Er du sikker på, at du er klar til at sælge din lejlighed?'

'Helt sikker. Jeg vil bare gerne videre nu. Vi har været sammen i fem år. Jeg har ikke altid været lige moden med tingene.'

Erika virkede gudskelov ligeglad. Hun fortsatte med at tage notater. Oskar stak hånden i lommen og fiskede et visitkort op. Det var fra banken, og et billede af Claes prydede forsiden.

'Det er min bankmand. Han kan give dig al den information, som du har brug for.'

Hun tog imod visitkortet.

'Hvis der skal tages billeder, så klarer du også bare det?'

'Naturligvis.'

Hun smilede til ham.

’Jeg har tillid til dig, Erika. Hvis du klarer denne her for mig, så lover jeg dig, at jeg kun køber mine fremtidige boliger hos dig.’

Oskar anede ikke, hvor det kom fra. Han havde et behov for at skabe en tillid, som han ikke gad vente på, kom over tid. Et løfte om penge plejede at hjælpe.

’Lad os få kigget på det praktiske.’ sagde hun.

Han kunne mærke, at han havde valgt den helt rigtige af de tre mæglere.

Kapitel 14

’Husmøde!’

Han smed posen med sushi på spisebordet. Herefter fandt han to kolde krus i fryseren og to af de lidt dyrere øl i køleskabet. Han var færdig med at dække bord, da Rasmus endelig kom ud fra sit værelse.

’Hvad foregår der?’ spurgte han søvndrukkent.

’Sæt dig ned. Der er mad.’ svarede Oskar.

’Fedt. Jeg var sgu faldet i søvn. Hvad er klokken?’

’Den er fem om eftermiddagen. Det er torsdag.’ svarede Oskar kort.

Rasmus sukkede. Han stirrede på de to øl.

’Du har skruet op for farten, kan jeg se.’

’Vi har husmøde, Ras. Så er det de gode øl.’

'Det er også den gode sushi.'

Han pegede på de små plastbakker, der alle stod klar på bordet.'

'Det er den bedste sushi. I dag fester vi som konger.'

'Hvad foregår der?'

Oskar kunne fornemme på Rasmus, at han var ved at få hjernen op i omdrejninger.

'Skål for vores venskab.' sagde Oskar.

Han holdt et af de kolde krus frem mod sin bedste ven. Rasmus ville normalt have skålet på under to sekunder. Nu sad han og stirrede på Oskar.

'Slår du op med mig?'

Oskar grinede.

'Selvfølgelig gør jeg ikke det. Du er min bedste ven.'

'Det føles som et farvel. Den sidste nadver.'

'Slap nu af. Det er ikke den sidste nadver.'

'Hvad er det så?'

Rasmus skålede stadig ikke, men tog en forsigtig tår af den kolde øl. Der kom ingen kommentarer til smagen, til bryggeriet eller til postnummeret.

'Jeg flytter min vej.' indrømmede Oskar.

'Hvor flytter du hen?' spurgte Rasmus.

Han lød ikke overrasket. Han havde også stået på sidelinjen den seneste uge. Rasmus var mange ting, men han var ikke dum.

'Det ved jeg ikke. Jeg flytter bare.'

'Det kan man sgu da ikke.'

'Det kan man da godt.'

'Hvad med dine ting?'

Oskar tog en bid af et stykke sashimi. Rasmus havde endnu ikke rørt sushien. Han sad stadig med det kolde ølkrus i hånden.

'Hvad skal der ske med dine ting?' spurgte Rasmus igen.

'Du kan tage de ting, som du vil have med.'

'Med? Hvorhen?'

Rasmus stillede kruset fra sig.

'Der, hvor du nu skal hen, når jeg er flyttet.'

'Smider du mig ud?'

'Nej, du kan blive boende, indtil lejligheden er solgt. Jeg har forklaret Erika alt om, hvordan det skal gøres.'

'Hvem er Erika?'

'Det er ejendomsmægleren.'

Oskar rakte igen sit krus frem mod Rasmus. Han blev fuldstændig ignoreret.

'Hvad skal jeg så?'

Oskar smilede.

'Hvor skal jeg flytte hen?'

'Du skal gøre, hvad du har lyst til.' svarede Oskar.

'Jeg vil gerne blive boende her.'

'Det kan du så ikke.'

'Kan du bare smide mig ud? Jeg har vel rettigheder? Jeg har jo betalt husleje.'

Oskar svarede ikke. Sekundet senere trak Rasmus på skuldrene. Han kunne åbenbart godt selv høre det.

'Fuck mand, Oskar.'

Hans gamle barndomsven havde tårer i øjnene. Oskar gav ham et klap på skulderen.

'Det er jo enden på en æra, mand.'

'Jeg ved det.' svarede Oskar.

'Jeg håber fandeme, at du finder det, du leder efter.'

Kapitel 15

Oskar havde forladt en nedtrykt Rasmus, der havde været ramt af granatchok. Det havde hjulpet lidt, at Oskar havde foræret ham sine spillemaskiner og resten af øllet i lejligheden, men Rasmus havde ikke været sig selv. Til gengæld havde han ikke skullet vaske op, for plasten fra sushien havde været nem at smide ud. Oskar steg ud af taxaen. Han havde tænkt, at han ville være mere nervøs, men han havde det overraskende godt med sig selv.

Da han ringede på døren, var han fuldstændig i balance. Der gik ikke lang tid, før hans far åbnede døren. Han blev budt indenfor uden kram eller håndtryk. Oskar havde forventet, at de skulle sidde i køkkenet, for det gjorde han altid, når han besøgte sin far. I stedet blev han ledt forbi køkkenet og ind i stuen, der var enormt stor. Det hjalp ikke på følelsen af rummets størrelse, at møblerne kun talte en kæmpe sofa, et sofabord og et fjernsyn fra Bang & Olufsen. På væggene hang der noget moderne kunst, som Oskar ikke anede, hvem der havde lavet, eller hvad det forestillede. Hans far var minimalist.

'Oskar, det er alt for lang tid siden.'

Hans mor havde rejst sig fra sofaen. Hun gav sin søn et kram, der føltes underligt distanceret. Hun var ikke sur på ham, men hun var tydeligt bekymret. Hendes ansigt skjulte heller ikke, at hun ikke brød sig om situationen.

'Sæt dig ned, min dreng. Kan jeg byde dig på noget?'

Oskar havde ikke lyst til noget. Han havde kun drukket en halv øl til maden. Alkohol fristede ham ikke. Det passede ikke ind i hans nye liv. Det kunne han allerede mærke.

'Kan jeg byde dig en sodavand?' spurgte hans far opgivende, da Oskar ikke havde svaret.

'Ja, tak.'

'Åh, Søren. Kan man få en mere?'

Oskars mor rakte sit sjusglas frem.

'Selvfølgelig kan du det.'

Oskars far tog imod glasset og forlod stuen. Oskar smilede til sin mor. Hun smilede et anstrengt smil tilbage.

'Går det godt, mor?'

Han tænkte, at han hellere måtte starte et sted, hvor det ikke kunne gå galt.

'Det går fint, tak. Din rosenbusk har allerede blomstret.'

Oskar smilede. Han havde en rosenbusk i haven hjemme hos sin mor. Den havde hun opkaldt efter ham, da den et år havde skudt sent på hans fødselsdag. Nu blev alle somre målt efter, hvornår busken skød blomster.

'Har du fået den klippet i år?'

Det var verdens dummeste spørgsmål. Oskars mor klippede, kultiverede og ordnede haven året rundt. Det var hendes passion, og den var ikke blevet mindre, efter Oskar var flyttet hjemmefra.

'Ja, jeg har endda fået ordnet det store bed.'

Oskar nikkede. Hans far kom tilbage med en sodavand og en sjus mere.

'Den er til dig, Marlene.'

Hun smilede og takkede høfligt. Oskar kunne mærke distancen mellem hans forældre. De var her på grund af Oskar. Ikke andet.

'Nå, Oskar. Du vil på eventyr?' åbnede hans far.

Han havde sat sig på den anden side af Oskar, der nu følte sig som verdens mest pressede stykke kød i en forældresandwich.

'Ja, det er planen.'

'Du synes ikke, at det går lidt for hurtigt?' spurgte hans far.

De havde åbenbart aftalt, at det var ham, der skulle føre ordet. Hans forældre aftalte altid den slags på forhånd.

'Det går måske lidt hurtigt, men det går ikke for hurtigt.' svarede Oskar.

De drak alle fra deres glas. Oskar havde det overraskende godt, selvom han naturligt følte sig lidt presset.

'Jeg snakkede med Lisa i går.' sagde hans mor pludseligt.

Oskar kunne se på sin far, at hans mor allerede var begyndt at køre på frihjul. Det var ikke en del af aftalen.

'Hun var bekymret for, at der var noget galt med dig?'

Oskar vendte sig mod sin mor. Han lod hende betragte ham et øjeblik.

'Jeg er helt okay, mor. Der er ikke noget galt med mig.'

Hun smilede. Det var stadig anstrengt, men han kunne se på hendes øjne, at hun var blevet mere rolig. Han overvejede et øjeblik, om det mon var hans fars gode whisky, der havde fået tag i hans mor.

Hun fortsatte med at smile, hvilket hjalp på situationen. Hun var ved at tø op – whisky eller ej.

'Det er jeg glad for at høre. Din far og jeg har jo snakket en del sammen…'

'Ja, vi har ikke talt så meget sammen, siden du var indlagt som barn, som vi har gjort på det seneste.' afbrød Oskars far.

'Jeg er helt okay. Jeg har bare brug for, at der sker noget med mit liv.'

Ingen af dem sagde noget. De forstod ham godt, men de forstod ikke hvorfor. Det gjorde Oskar heller ikke selv, så han kunne dårligt tilbyde dem en forklaring.

'Hvor rejser du hen?'

'Det ved jeg ikke.' svarede han ærligt.

'Hvad rejser du med, hvis jeg gerne vil sige farvel?'

Det var hans mor. Han kunne høre tårer, der endnu ikke havde manifesteret sig.

'Det ved jeg heller ikke. Jeg synes ikke, der er behov for at sige farvel på den måde.'

Han kunne mærke en lille panik i kroppen. Det generede ham ikke, at han ikke kunne svare på de spørgsmål, der både var fornuftige og rimelige. Men det generede ham, at det var så tvingende nødvendigt for dem at få et svar.

Han havde ingen svar. Det var ikke på den måde, han havde tænkt sig at rejse.

’Hvor lang tid vil du være væk?’

Oskar vendte sig mod sin far. Han ville ikke svare på spørgsmålet. Der var alt for mange definitive svar gemt i det spørgsmål. Oskar anede ikke, om det var sidste gang han sad i sin fars stue. Hvorfor skulle han overhovedet komme tilbage? Han kunne ikke svare.

’Snakker vi et år?’ spurgte hans far videre.

’Et helt år? Hvorfor så lang tid?’ begyndte hans mor.

Oskar havde lyst til at rejse sig. Han blev dog siddende, for de havde ret til at stille alle de spørgsmål, som han hverken kunne eller ville svare på. Hvis nogen skulle forlade samtalen, måtte det være en af dem. Det kunne ikke blive ham, for hvis han rejste sig og gik, ville han sende et signal, der ikke stemte overens med, hvordan han havde det indeni.

’Du bliver nødt til at svare os, Oskar.’

’Du må forstå, at vi ikke ved, hvad vi skal tro om det her.’ fortsatte hans mor.

Oskar nikkede. Han forstod det hele.

’Jeg har købt et par rulleski.’

De blev begge helt stille.

’Jeg kunne godt tænke mig at lære at bruge dem.’

’Er de til asfalt eller græs?’

Oskars far vidste en hel masse om alting. Selvfølgelig vidste han også noget om rulleski.

'De er til asfalt.'

'Det var godt.'

Oskars mor stillede sit glas hårdt i bordet. Både Oskar og hans far vendte sig mod hende.

'Er det alt, hvad du har at spørge ham om, Søren?'

'Nej, jeg tænkte bare…' begyndte Oskars far.

'Han stikker af fra os alle sammen på rulleski? Synes du ikke, det lyder mærkeligt?'

'Jeg stikker ikke af.' afbrød Oskar.

'Hvad kalder du det så?'

'Mor, jeg vil bare gerne noget andet.'

'Noget andet end hvad?'

'Noget andet i livet. Rulleskiene er bare en ting.'

'Hvad ellers?' spurgte hans far.

'Jeg har også købt en boomerang.'

Oskars mor rejste sig og holdt begge hænder op til ørerne.

'Jeg kan ikke mere!'

'Sæt dig nu ned, Marlene.'

Hun satte sig ikke ned.

'Mor, sæt dig ned. Jeg kom jo for at snakke.'

Hun satte sig ned. Hænderne var stadig foran ørerne.

Oskar tænkte, at han var ved at give sin mor et nervesammenbrud. De sad alle tre i stilhed et par minutter. Oskar kunne mærke, hvordan hans mor faldt til ro. Denne gang var det helt sikkert den gode whisky, der hjalp på tingene.

'Jeg forstår det bare ikke.' sagde hun i en opgivende tone.

Oskar orkede ikke at skulle til at forklare noget, som han endnu ikke havde oplevet og derfor ikke kunne forklare.

'Måske er det ikke meningen, at vi skal forstå det, Marlene?'

Det var Oskars far, der kom sin søn til undsætning.

'Måske skal Oskar bare selv gøre tingene på sin måde?'

Oskar holdt vejret.

'Det var også din idé med den uddannelse.'

Oskars far nikkede. Han havde ikke presset Oskar til en uddannelse, men han havde gjort alt for at overbevise sin søn om, at det var det eneste rigtige.

'Det var så dig, der ville have ham ind i den lejlighed.'

Oskars mor smilede et ægte smil.

'I har gjort alting i den bedste mening. I har hver især opdraget mig på jeres måde. Jeg bliver snart tredive. Hvorfor kan I ikke bare stole på mig?'

'Jeg ville bare så gerne have, at du købte mormors lejlighed, nu hvor du arvede pengene fra hende.'

Hun lød undskyldende.

'Det er okay, mor. Jeg har elsket at bo i den lejlighed. Nu skal den bare videre. Det skal jeg også.'

'Hvad gør du med Rasmus?' spurgte hans far.

'Rasmus har ni liv. Han lander på benene og finder et nyt sted at bo.'

De sad som en familie. Ingen var sure, skuffede eller vrede. De sad der bare. Oskar rakte ud og tog sin mors hånd. Efter nogle minutter brød hun tavsheden.

'Ringer du efter en vogn, Søren? Jeg vil gerne hjem nu.'

Oskars far rejste sig og hentede sin telefon. Oskar blev siddende med sin mors hånd i sin.

'Det skal nok gå, mor. Det hele skal nok gå.'

De rejste sig samtidig fra sofaen. Oskar gav sin mor et kæmpe kram. Han kunne dufte roserne fra hendes have. Han kunne fornemme duften af krydderier fra hendes køkken. Det ville være noget, han ville savne.

'Jeg elsker dig, Oskar.'

Hun kyssede hans kind, inden hun forlod stuen. Oskar satte sig tilbage i sofaen. Han skulle lige sunde sig lidt. Han gned håndfladerne mod sine lår. Han kunne allerede mærke en forandring i kroppen. Der foregik noget, som han åbenbart havde savnet hele livet. Der var en energi, der havde taget ophold i hans krop. Det føltes elektrisk.

’Så er din mor sendt hjem.’

Oskars far kom ind i stuen. Han satte sig ikke ned, men blev stående. Det var tid til, at Oskar skulle sige farvel. De gik sammen ud mod gangen, og da Oskar havde fået sine sko på, stod hans far og spærrede vejen til hoveddøren.

’Du skal vide, at du altid kan komme hjem. Du kan altid starte forfra her hos mig. Døren er altid åben. Både her og hos din mor.’

Oskar tog en dyb indånding. Han havde ikke brug for en faldskærm, hvis han skulle springe ud i livet. Hans far lagde armene om ham. De krammede i nogle sekunder. Da Oskar slap sit greb, så han tårerne i sin fars øjne.

’Jeg vil gerne give dig de her.’

Han rakte et nøglebundt frem mod Oskar. En nøglering havde hans fars nuværende adresse stående indgraveret i læder.

’Jeg skal ikke bo her, far.’

’Det er ikke nøglerne til denne lejlighed. Det er nøglerne til sommerhuset oppe ved Holbæk.’

’Hvad skal jeg med dem?’

’Måske skulle du træne dine rulleski deroppe først?’

Oskar stirrede på sin far.

’Hvad mener du?’

’Der er mange gode veje at løbe på.’

Oskar tog imod nøglerne, selv om han ikke havde behov for dem.

'Hvis du ikke skal bruge dem, smider du dem bare i en postkasse. De skal nok finde hjem til mig igen.'

'Tak far.'

Oskar overvejede et kort sekund at smide nøglerne i faderens postkasse, når han nåede bunden af opgangen.

'Bare husk på...'

Hans far tog en dyb indånding.

'Nogle gange starter de største spring med et lille hop.'

Kapitel 16

Oskar havde været tidligt på færde. Han havde været forbi ejendomsmægleren med de sidste underskrevne papirer og to sæt nøgler. Nu stod han i en butik og overvejede størrelsen på sin rygsæk.

'Skal du kun have det tøj i rygsækken, som du har købt her og nu?'

'Nej, jeg tager noget af det på, inden jeg går.'

'Hvad med telefon, oplader og den slags?'

Oskar anede ikke, hvilken rygsæk han skulle vælge. Den ene var nem og hurtig at pakke. Den anden krævede betydeligt mere af ham.

Den var stor, kluntet og ikke særlig handy. Han havde selv kæmpet med et par af den slags, når rygsækturister havde forvildet sig ned i Metroen.

'Jeg går med den lille af dem. Jeg vil gerne have lidt mere frihed.'

Sælgeren var ikke helt tilfreds med Oskars valg.

'Hvad har du ellers af ting og sager?'

'Rulleski og en boomerang.'

'Er det virkelig alt?'

Oskar nikkede. Han havde besluttet sig. Det var den perfekte rygsæk. Han greb et par shorts, en T-shirt og et par sokker fra bunken af tøj, som han havde fundet sammen med den ihærdige sælger. Øjeblikket efter stod han klædt om i det lette tøj, der føltes særdeles behageligt på kroppen. I rygsækken var der mere af det samme samt lange bukser, en jakke og to kasketter.

'Gider du at smide det til genbrug for mig?'

Sælgeren tog imod det tøj, som Oskar øjeblikket forinden havde haft på.

'Jo, det kan jeg vel godt.'

Oskar tog sine dyre sneakers af og lagde dem oven i bunken af tøj, som sælgeren stod med.

'Jeg tager også skoene på med det samme.'

'Ja, det kan jeg se.'

Sælgeren smed Oskars gamle påklædning fra sig og slog alle varerne ind. Oskar betalte uden at blinke, selvom det var blevet dyrere, end han lige havde regnet med. Han tog rygsækken på og forlod butikken.

'Hold kæft, hvor har du blege ben!' udbrød Rasmus.

Han ventede udenfor butikken. I hånden havde han et par rulleski, de to stave og en boomerang. Oskar tog tingene og fordelte dem i den nyindkøbte rygsæk. De foldbare stave fik deres eget rum.

'Skal vi komme af sted?'

'Hvor skal vi hen?' spurgte Rasmus.

Oskar begyndte at gå.

'Seriøst? Det er ikke skjult kamera, vel? Du er virkelig ved at skride fra det hele?'

Oskar gad ikke svare ham. Det havde været det samme hele ugen. De samme spørgsmål. Det samme fravær af svar, som Oskar endnu ikke havde fundet ud af at formulere.

'Jeg skal lige ind her. Jeg kommer tilbage om lidt.'

Rasmus tog imod rygsækken, inden Oskar forsvandt ind i endnu en butik. Han manglede kun at købe to ting, før han var klar til at melde sig ud af det hele.

Kapitel 17

Hun åbnede døren forsigtigt. Han forsøgte med et smil, men det blev ikke gengældt.

'Må jeg godt komme ind?'

Lisa forlod døråbningen og lod hoveddøren stå åben. Oskar tænkte, at det var det tætteste, han kom på en invitation, så han fulgte efter hende ind i lejligheden. Da han kom ind i hendes lille stue, sad hun allerede i sofaen. Hendes hår var et stort rod, og Oskar bemærkede adskillige pletter på hendes ellers så pæne skjorte.

'Sidder du bare her og går i hundene?'

Hun smilede et opgivende smil. Han satte sig ved siden af hende.

'Jeg ved godt, at du sikkert hader mig lige nu.' begyndte han.

'Jeg hader dig ikke, Oskar.'

'Nej, men du er i hvert fald ikke glad for mig.'

'Det passer heller ikke.'

Han sukkede.

'Jeg ved ikke, hvad jeg så skal sige.'

'Hvorfor kommer du her så?' spurgte hun.

'Fordi jeg har det skidt med, at det hele skal ende på denne måde.'

'Hvad havde du da ellers forestillet dig?'

Han vidste ikke, hvad han havde forestillet sig. Han trak en af sine to sidste indkøb op fra rygsækken, der nu stod mellem hans ben.

'Hvad er det?'

Hun åbnede den lille æske.

'Det er en perlekæde.'

'Er den ikke til børn?'

Hun var ikke imponeret.

'Det tror jeg ikke. Det er rå træ. Med tiden bliver perlerne glatte og bløde.'

Hun kiggede på ham med tårefyldte øjne.

'Med tiden, forandrer alting sig.'

'Hvorfor fortæller du mig det?'

'Fordi vi alle sammen er rå perler. En dag bliver vi også bløde og glatte.'

Hun lagde armene om ham.

Kapitel 18

'Så er det vel farvel og adieu?' sagde Rasmus.

De stod foran indgangen til Hovedbanegården.

'Ja, det er det jo nok.'

'Ses vi igen?' spurgte Rasmus.

'Måske. Jeg ved det ikke.'

De to venner krammede hinanden.

’Oskar, jeg har noget til dig.’

Rasmus satte sig på et knæ og trak noget frem, som han havde holdt i sin sok. Det var den sorte grydeske.’

’Tak, Ras. Der findes ikke et bedre minde om vores venskab.’

’Det er jeg glad for, at du siger. Jeg vil sgu heller ikke af med den.’

Oskar begyndte at gå.

’Hey, hvad med skeen?’

’Behold den, Rasmus.’

Oskar fortsatte med at gå. Han vendte sig ikke om, før han var kommet et stykke ind i den store gamle bygning. Rasmus var væk.

’Din skøre idiot!’ sagde han til sig selv.

Han tog sin mobiltelefon frem. Efter et par forsøg fik han åbnet telefonen, så han kunne tage sit simkort ud. Han knækkede det og smed det i en skraldespand. Han gik mod den store skærm, hvor dagens afgange fra Hovedbanegården stod og blinkede med gul skrift. Da han nåede skiltet, stillede han sig og kiggede på sine muligheder. Han anede ikke, hvor turen skulle gå hen. En forhutlet mand spurgte om fem kroner til en kop kaffe. Oskar gav ham tyve kroner og sin mobiltelefon. Manden så forvirret ud, men tog imod begge dele.

Oskar gik ind på det store billetkontor. Der skulle tages en beslutning. Han tog rygsækken af, så han kunne komme til sin nye pung, der kun indeholdt hans kørekort, sygesikringskort og et par kreditkort. Han stak hånden i den forkerte lomme af rygsækken. Her mærkede han nøglerne, som han aftenen forinden havde fået af sin far. Ved siden af nøglerne lå den lille Kaj Bojesen-abe, som han havde købt samtidig med perlerne til Lisa. Han tog en beslutning.

**Glæd dig til næste bog i serien:
Menneskeskæbner Vol. 7 Oliver**